（唐）韋應物　著

韋蘇州詩集

廣陵書社
中國・揚州

甲午春日廣陵書社
據清康熙四十六年
揚州詩局刻本影印

韋蘇州詩集

卷一

韋應物京兆長安人少以三衛郎事明皇晚更折節讀書永泰中授京兆功曹遷洛陽丞大曆十四年自鄠令制除櫟陽令以疾辭不就建中三年拜比部員外郎出爲滁州刺史久之調江州追赴闕改左司郎中復出爲蘇州刺史應物性高潔所在焚香埽地而坐唯顧況劉長卿丘丹秦系皎然之儔得厠賓客與之酬倡其詩閑澹簡遠人比之陶潛稱陶韋云集十卷今編詩十卷

擬古詩十二首

辭君遠行邁飲此長恨端已謂道里遠如何中險艱流水赴大壑孤雲還暮山無情尚有歸行子何獨難驅車背鄉園朔風(一作吹)卷行迹嚴冬霜斷肌日入不遑息憂歡(一作懽)容(一作客)髮變寒暑人事易中心君詎知冰玉徒貞白

黃鳥何關關幽蘭亦靡靡此時深閨婦日照紗(一作綺)窗裏娟娟雙青娥微微啓玉齒自惜桃李年誤身遊俠子無事久離别不知今生死

峩峩高山巓浼浼青川流世人不自悟馳謝如驚(風飇)百金非所重厚意良難得旨酒親與朋芳年樂京國京城繁華地軒蓋凌晨出垂楊十二衢隱映金張室漢宮南北對飛觀齊白日游泳屬芳時(一云游冶詠康時)平生自云畢

綺樓何氛氳朝日正杲杲四辟含清風丹霞射其牖玉

顏上哀囀絶耳非世有但感離恨情不知誰家姊孤雲忽無色邊馬爲回首曲絶碧天高餘聲散秋草徘徊帷中意獨夜不堪守思逐朔風翔一去千里道

嘉樹藹初緑蘼蕪吐幽芳君子不在賞寄之雲路長路長信難越惜此芳時歇孤鳥去不還緘情向天末

月滿秋夜長驚烏號北林天河横未落斗柄當西南寒蛩悲洞房好鳥無遺音商飆一夕至獨宿懷重衾舊交日(一作目)千里隔我浮與沉人生豈草木寒暑移此心

酒星非所酌月桂不爲食虛薄空有名爲君長歎息蘭蕙雖可懷芳香與時息豈如凌霜葉歲暮藹顏色折柔將有贈延意千里客草木知賤微所貴寒不易

神州高爽地遐瞰靡不通寒月野無緑寥寥天宇空陰陽不停馭貞脆各有終汾沮何鄙儉考槃何退窮反志解牽跼無爲尚勞躬美人奪南國一笑開芙蓉清鏡理容(一作雲)髮褰簾出深重豔曲呈皓齒舞羅不堪風慊慊情有待贈芳爲我容可嗟青樓月流影君帷中

春至林木變洞房夕含清單居誰能裁好鳥對我鳴良人久燕趙新愛移平生別時雙鴛綺留此千恨情碧草生舊迹緑琴歇芳聲思(一作願)將魂夢歡反側寐不成攬衣迷所次起望空前庭(一云覽衣迷處所夕起望前庭)孤影中自惻不知雙涕零

秋天無留景萬物藏光輝落葉隨風起(一作遠)愁人獨何依

華(一作明)月屢圓缺君還浩無期如何雨絶天(一云如何雲雨絶)一去音
問(一作塵)違
有客天一方寄我孤桐琴迢迢萬里隔託此傳幽音冰
霜中自結龍鳳相與吟絃以明直道(一云絃以昭清直)漆以固(一作形)交
深
白日淇上没空閨生遠愁寸心不可限淇水長悠悠芳
樹自妍芳(一云自交結又云房樹正妍鬱)春禽自相求徘徊東西廂孤妾誰
與儔年華逐絲淚一落俱不(一作難)收

雜體五首

沈沈匣中鏡爲此塵垢蝕輝光何所如月在雲中黑南
金既雕錯鞶帶共輝飾空存(一作有)鑑物名坐使妍蚩惑美
人竭肝膽思照冰玉色自非磨瑩工日日空嘆息
古宅(一作宇)集祆鳥羣號枯樹枝黄昏窺人室鬼物相與期
居人不安寢搏擊思此時豈無鷹與鸇飽肉不肯飛既
乖逐鳥節空養凌雲姿孤負肉食恩何異城上鴟
春羅雙鴛鴦出自寒夜女心精煙霧色指歷千萬緒長
安貴豪家(一作室)妖艷不可數裁此百日功唯將一朝舞舞
罷復裁新豈思勞者苦
同聲自相應體質不必齊誰知賈人鐸能使大(一作音)樂諧
鏗鏘發宫徵和樂變其哀人神既昭享鳳鳥(一作皇)亦下來
豈非至賤物一奏升天階物情苟有合莫問玉與泥
碌碌荆山璞卞和獻君門荆璞非有求和氏非有恩所

獻知國寶至公不待言是非吾（一作語）欲黙此道今豈存

與友生野飲效陶體

攜酒花林下前有千載墳於時不共酌奈此泉下人始自翫芳物行當念徂春聊舒遠世蹤坐望還山雲且遂一歡笑焉知賤與貧

效何水部二首

玉宇含清（一作秋）露香籠散輕煙應當結沈抱難從茲夕眠

夕漏起遙恨蟲響（一作鴻音）亂秋陰反覆相思字中有故人心

效陶彭澤

霜露悴百草時菊獨妍華物性有如此寒暑其奈何掇英泛濁醪日入會田家盡醉茅簷下一生豈在多

大梁亭會李四栖梧作

梁王昔愛才千古化不泯（平聲）至今蓬池上遠集八方賓車馬平明合城郭滿埃塵逢君一相許豈要平生親入仕三十載如何獨未伸英聲乆籍籍臺閣多故人置酒發清彈相與（一作將）樂佳辰孤亭得長望白日下廣津富貴良可取（一作求）朅來西入秦秋風旦夕起安得客梁陳

燕李錄事

與君十五侍皇闈曉拂爐煙上赤墀花開漢苑經過處雪下驪山沐浴時近臣零落今猶在仙駕飄飄不可期此日相逢（一作逢君）思（一作非）舊日一杯成喜亦（一作又）成悲

淮上喜會梁川故人

江漢曾爲客相逢每醉還浮雲一别後流水十年間歡笑情如舊蕭疎鬢已斑何因北(一作不)歸去淮上對(一作有)秋山

揚州偶會前洛陽盧耿主簿(應物頃貳洛陽常有連騎之遊)

楚塞故人稀相逢本不期猶存袖裏字忽怪鬢中絲客舍盈樽酒江行滿篋詩更能連騎出還似洛橋時

賈常侍林亭燕集

高賢侍天陛(一作階)跡顯心獨幽朱軒鶩闕右池館在東周繚繞接都城氤氳望嵩丘羣公盡詞客方駕永日遊朝旦氣候佳逍遥寫煩憂綠林藹已布華沼澹不流没露摘幽草涉煙翫輕舟圓荷旣出水廣廈可淹留放神遺所拘觥罰屢見酬樂燕良未極安知有沈浮醉罷各云散何當復相求

月下會徐十一草堂

空齋無一事岸幘故人期暫輟觀書夜還題翫月詩遠鍾高枕後清露捲簾時暗覺新秋近殘河欲曙遲

移疾會詩客元生與釋子法朗因貽諸祠曹

對此嘉樹林獨有戚戚顏抱瘵知曠職淹旬非樂閑釋子來問訊詩人亦扣關道同意(一作適)暫遣客散疾徐還園徑自幽靜玄蟬噪其間高牕瞰遠郊暮色起秋山英曹幸休暇悢悢(一作恨恨)心所攀

慈恩伽藍清會

素友俱薄世屢招清景賞鳴鐘悟音聞宿昔心已往重

門相洞達高宇亦遐一作遹朗嵐嶺曉城分清陰夏條長一作清條夏陰長氳氛芳臺馥蕭散竹池廣平荷隨波泛迴飈激林響蔬食遵道侶泊懷遺滯想何彼塵昏人區區在天壤

夜偶詩客操公作

塵襟一瀟灑清夜得禪公遠自鶴林寺了知人世空驚禽翻暗葉流水注幽叢多謝非玄度聊將詩興同

與韓庫部會王祠曹宅作

閑一作開門蔭堤柳秋渠含夕清微風送荷氣坐客散塵纓守默共無悋抱冲俱寡營良時頗高會琴酌共開情

晦日處士叔園林燕集

遽看蓂葉盡坐闕芳年賞賴此林下期清風滌煩想始萌動新煦佳禽發幽響嵐嶺對高齋春流灌蔬壤罇酒遺形迹道言屢開獎幸蒙終夕懽聊用稅歸鞅

扈亭西陂燕賞

杲杲朝陽時悠悠清陂望嘉樹始氤氳春游方浩蕩況逢文翰侶爰此孤舟漾綠野際遥波横雲分疊嶂公堂日爲倦幽襟自兹曠有酒今滿盈願君盡弘量

西郊燕集

濟濟衆君子高宴及時光羣山靄遐矚綠野布熙陽列坐遵曲岸披襟襲蘭芳野庖薦嘉魚激澗泛羽觴衆鳥鳴茂林綠草延高岡盛時易徂謝浩思坐飄颺眷言同心友兹遊安可忘

春宵燕萬年吉少府中孚南館

始見斗柄迴復兹霜月霽河漢上縱橫春城夜迢遞賔筵接時彥樂燕凌芳歲稍愛清觴滿仰歎高文麗欲去返郊扉端爲一歡滯

滁州園池燕元氏親屬

日暮遊清池疎林羅一作籠高天餘綠飄霜露夕氣變風煙水門架危閣竹亭列廣筵一展私姻禮屢歎芳樽前感往在兹會傷離屬頹年明晨復云去且願此流連

郡樓春燕

衆樂雜軍鞞高樓邀上客思逐花光亂賞餘山景夕爲郡訪彫瘵守程難損益聊假一杯歡暫忘終日迫

南塘泛舟會元六昆季

端居倦時燠輕舟泛迴塘微風飄襟散橫吹繞林長雲澹水容夕雨微荷氣凉一寫悁勤意一云川上意寧用訴一作計華觴

郡齋雨中與諸文士燕集

兵衛森畫戟宴寢凝清香海上風雨至逍遥池閣凉煩痾近一作正消散嘉賔復滿堂自慙居處崇未覩斯民康理會是非遣性達形迹忘鮮肥屬時禁蔬菓幸見嘗俯飲一杯酒仰聆金玉章神歡體自輕意欲凌風一作雲翔吳中盛文史羣彥今汪洋方知大藩地一作盛豈曰財賦疆一作彊

軍中冬燕

滄海已云晏皇恩猶念勤式燕徧恒秩柔遠及斯人玆邦賓大藩伐鼓軍樂陳是時冬服成戎士氣益振虎竹謬朝寄英賢降上賓旋罄周旋禮娓無海陸珍庭中丸劍闌堂上歌吹新光景不知晚觥酌豈言頻單醪昔所感大醵况同忻顧謂軍中士仰答何由申

司空主簿琴席

煙華方散薄蕙氣猶含露澹景發清琴幽期默玄（一作云）悟流連白雪意斷續迴風度掩抑雖已終忡忡在幽素

與郇老對飲

鬢眉雪色猶嗜酒言辭淳朴古人風鄉村年少生離亂見話先朝如夢中

卷二

城中卧疾知閤薛二子屢從邑令飲因以贈之

車（一作良）馬日蕭蕭胡不枉（一作在）我廬方來從令飲卧病獨何如秋風起漢（一作江）皐開户望平蕪卽此悰（一作稀）音素（一作表）焉知中密疎渴者不思火寒者不求水人生羇寓（一作旅）時去就當如此猶希心異跡（一作從利心迹異）眷眷存終始

聽嘉陵江水聲寄深上人

鑿崖泄奔湍稱古神禹跡夜喧山門店獨宿不安席水性自云（一作爲）靜石中本無聲如何兩相激雷轉空山驚貽之道門舊（一作友）了此物我情

高陵書情寄三原盧少府

直方難爲進守此微賤班開卷不及顧沉埋案牘間兵凶久（一作互）相踐徭賦豈得閑促戚下可哀寬政身致患日夕思自退出門望故山君心儻如此攜手相與還

假中對雨呈縣中僚友

卻足甘（一作堪）爲笑閑居夢杜陵殘鶯知夏淺社（一作時）雨報年登流麥非關忘收書獨不能自然憂曠職緘此謝良朋

贈蕭河南

厭劇辭京縣褒賢待詔書鬱侯方繼業潘令且閑居霽後三川冷秋深（一作餘）萬木疎對琴無一事新興復何如

示從子河南尉班 并序

永泰中余任洛陽丞以撲抶軍騎時從子河南尉班亦以剛直爲政俱見訟於居守因詩示意府縣好我者豈曠斯文

拙直余恒守公方爾所存同占朱鳥剋俱起小人言立政思懸棒謀身類觸藩不能林下去祇戀府廷恩

趨府候曉呈兩縣僚友

趨府不遑安中宵出戶看滿天星尚在近壁燭仍(一作猶)殘立馬頻驚曙垂簾却避寒可憐同宦者應(一作始)悟下流難

贈李儋

絲桐本異質音響合(一作今)自然吾觀造化意二物相因緣誤觸龍鳳嘯靜聞寒夜泉心神自安宅煩慮頓可捐何因知久要絲白漆亦堅

贈盧嵩

百川注東海東海無虛盈泥滓不能濁澄波非益清恬然自安流日照萬里晴雲物不隱象三山共分明奈何疾風怒忽若砥柱傾海水雖無心洪濤亦相驚怒號在倏忽誰識變化情

寄馮著

春雷起萌蟄土壤日已疎胡能遭盛明才俊伏里閭偃仰遂眞性所求惟斗儲披衣出茅屋盥漱臨清渠吾道亦自適退身保玄虛幸無職事牽且覽案上書親友各馳騖誰當訪敝廬思君在何夕明月照廣除

早春對雪寄前殿中元侍御

掃雪開幽徑端居望故人猶殘臘月酒更值早梅春幾日東城陌何時曲水濱聞閑且共賞莫待繡衣新

贈王侍御

心同野鶴與塵遠詩似氷壺見底清府縣同趨昨日事升沈不改故人情上陽秋晚蕭蕭雨洛水寒來夜夜聲自歎猶爲折腰吏一作客可憐驄馬路傍行

將往江淮寄李十九儋余自西京至李又發河洛同道不遇

鷰鷰東向來文鷁亦西飛如何不相見羽翼有高卑徘佪到河洛華屋未及窺秋風飄我行遠與淮海期迴首隔煙霧遥遥兩相思陽春自當返短翮欲追隨

自鞏洛舟行入黃河即事寄府縣僚友

夾水蒼山路向東東南山豁大河通寒樹依微遠天外夕陽明滅亂流中孤邨幾歲臨伊岸一鴈初晴下朔風爲報洛橋遊宦侶扁舟不繫與心同

寄盧庾

悠悠遠離別分此歡會難如何兩相近反使心不安亂髮思一櫛垢衣思一浣協韻豈如望友生對酒起長嘆時節異京洛孟冬天未寒廣陵多車馬日夕自遊盤獨我何耿耿非君誰爲歡

發廣陵留上家兄兼寄上長沙

將違安可懷宿戀復一方家貧無舊業薄宦各飄颻執

板身有屬淹時心恐惶拜言不得留聲結淚滿裳漾漾動行舫亭亭遠相望離晨苦須臾獨往道路長蕭條風雨過得此海氣凉感秋意已違況自結中腸推道固當遣及情豈所忘何時共還歸舉翼鳴春陽

初發揚子寄元大校書

悽悽去親愛泛泛入煙霧歸棹洛陽人殘鐘廣陵樹今朝此爲别何處還相遇世事波上舟沿洄安得住

淮上卽事寄廣陵親故

前舟已眇眇欲渡誰相待秋山起暮鐘楚雨連滄海風波離思滿(一作遠)宿昔容鬢改獨鳥下東南廣陵何處在

寄洪州幕府盧二十一侍御(自南昌令拜頃同官洛陽)

忽報南昌令乘驄入郡城同時趨府客此日望塵迎文苑臺中妙冰壺幕下清洛陽相去遠猶使故林榮

經少林精舍寄都邑親友

息駕依松嶺高閣一攀緣前瞻路已窮旣詣喜更延出巘聽萬籟入林濯幽泉鳴鐘生道心暮磬(一作鶴)空雲煙獨往雖暫適多累終見牽方思結茅地歸息期暮年

同長源歸南徐寄子西子烈有道

東洛何蕭條相思邈遐路策駕復誰遊入門無與晤(一作出入亦無晤)還因送歸客達此緘中素屢暌心所歡豈得顏如故所歡不可暌嚴霜晨凄凄如彼萬里行孤妾守空閨臨觴一長嘆素欲何時諧

雪中聞李儋過門不訪聊以寄贈

度門能不訪冒雪屢西東已想人如玉遥憐馬似驄乍
迷金谷路稍變上陽宮還比相思意紛紛正滿空

同德精舍養疾寄河南兵曹東廳掾

逍遥東城隅雙樹寒葱蒨廣庭流華月高閣凝餘霞杜
門非養素抱疾阻良讌孰謂無他人思君歲云變官曹
亮先忝陳躅慙俊彦豈知晨與夜相代不相見緘書問
所如一作知詶藻當芬絢

同德寺雨後寄元侍御李博士

川上風雨來須臾滿城闕岧嶤青蓮界一作宇蕭條孤興發
前山遽已淨陰靄夜來歇喬木生夏凉流雲吐華月嚴

城自有限一水非難越相望曙河一作何遠高齋坐超忽

同德閣期元侍御李博士不至各投贈二首

庭樹忽已暗故人那一作何不來祇因厭煩暑永日坐霜臺
官榮多所繫閑居亦愆期高閣猶相望青山欲暮時

使雲陽寄府曹

夙駕祗府命冒炎不遑息百里次雲陽閭閻問漂溺上
天屢愆氣胡不均寸澤仰瞻喬樹顛見此洪流跡良苗
免湮没蔓草生宿昔頽墉滿故墟喜返將安宅周旋涉
塗潦側峭緣溝脉仁賢憂斯民賤子甘所役公堂衆君
子言笑思與覿

過扶風精舍舊居簡朝宗巨川兄弟

佛刹出高樹晨光閭井中年深念陳迹迨此獨忡忡零落逢故老寂寥悲草蟲舊宇多改構幽篁延本藂栖止事如昨芳時去已空佳人亦携手再往今不同新文聊感舊想子意無窮

贈令狐士曹自八月朔旦同使藍田淹留涉季事先半日而不相待故有戲贈

秋簷一作霜滴滴對牀寢山路迢迢聯騎行到家俱及東籬菊何事先歸半日程

贈馮著

契闊仕兩京念子亦飄蓬方來屬追往十載事不同歲晏乃云至微褐還未充慘悽遊子情風雪自關東華觴發懽顔嘉藻播清風始此盈抱恨曠然一夕中善藴豈輕售懷才希國工誰當念素士零落歲華空

對雨寄韓庫部協

颯至池館涼靄然和曉霧蕭條集新荷氤氳散高樹閑居興方澹默想心已屢暫出仍濕衣况君東城住

寄子西

夏景已難度懷賢思方續喬樹落疎陰微風散煩燠傷離枉芳札忻遂見心曲藍上舍已成田家雨新足託鄰素多欲一作願殘帙猶見東日夕上高齋但望東原緑

縣内閑居贈溫公

滿郭春色嵐已昏鵶栖散吏掩重門雖居世綱常清淨夜對高僧無一言

對雪贈徐秀才

靡靡寒欲收靄靄陰還結晨起望南端千林散春雪妍光屬瑶階亂緒陵新節無爲掩扉臥獨守袁生轍

西郊遊宴寄贈邑僚李巽

升陽曖春物置酒臨芳席高宴闕英僚衆賓寡懽懌是時尚多壘板築興頽壁羇旅念越疆領徒方祗役如何嘉會日當子憂勤夕西郊鬱已茂春嵐重如積何當返徂雨雜英紛可惜

對雨贈李主簿高秀才

邐迤曙雲薄散漫東風來青山滿春野微雨灑輕埃吏局勞佳士賓筵得上才終朝狎文墨高興共徘徊

休沐東還胄貴里示端

宦遊三十載田野久已疎休沐遂茲日一來還故墟山明宿雨霽風煖百卉舒泓泓野泉潔熠熠林光初竹木稍摧翳園場亦荒蕪俯驚鬓已衰周覽昔所娱存没惻私懷遷變傷里閭欲言少留心中復畏簡書世道良自退榮名亦空虚與子終攜手歳晏當來居

朝請後還邑寄諸友生

宰邑分甸服夙駕朝上京是時當暮春休沐集友生抗志青雲表俱踐高世名樽酒且歡樂文翰亦縱横良遊昔所希累讌夜復明晨露含瑶琴夕風殞素英一旦遵歸路伏軾出京城誰言再念别忽若千里行閑（一作閉）閤寡

喧訟端居結幽情況茲晝方永展轉何由平

澧上西齋寄諸友七月中善福之西齋作

絶岍臨西野曠然塵事遥清川下邐迤茅棟上岧嶤翫月愛佳夕望山屬清朝俯砌視歸翼開襟納遠飈等陶辭小秩效朱方負樵閑遊忽無累心跡隨景超明世重才彦雨露降丹霄羣公正雲集獨予忻寂寥

獨遊西齋寄崔主簿

同心忽已别昨事方成昔幽徑還獨尋綠苔見行跡秋齋正蕭散煙水易昏夕憂來結幾重非君不可釋

紫閣東林居士叔緘賜松英丸捧對忻喜蓋非塵侶之所當服輙獻詩代啓

碧澗蒼松五粒稀侵雲采去露沾衣夜啓羣僊合靈藥朝思俗侶寄將歸道場齋戒今初服人事葷羶已覺非一望嵐峰拜還使腰間銅印與心違

秋集罷還途中作謹獻壽春公黎公

東帶自衡門奉命宰王畿君侯枉高鑒舉善掩瑕疵斯民本已安工拙兩無施何以酬明德歲晏不磷緇時節乃來集欣懷方載馳平明大府開一得拜光輝溫如春風至肅若嚴霜威羣屬所載瞻而忘倦與飢公堂燕華筵禮罷復言辭將從平門道憇車澧水湄山川降嘉歲草木蒙潤滋孰云還本邑懷戀獨遲遲

閑居贈友

補吏多下遷罷歸聊自度園廬既蕪沒煙景空澹泊閑居養痾瘵守素甘葵藿顏鬢日衰耗冠帶亦寥落青苔已生路綠筠始分籜夕氣下遥陰微風動疎薄草玄良見誚杜門無請託非君好事者誰來（一作能）顧寂寞

四禪精舍登覽悲舊寄朝宗巨川兄弟

蕭散人事憂迢遞古原行春風日已暄百草亦復生蹟閣謁金像攀雲造禪扃新景林際曙雜花川上明徂歲方緬邈陳事尚縱横温泉有佳氣馳道指京城攜手思故日山河留恨情存者邈難見去者已冥冥臨風一長慟誰畏（一作謂）行路驚

善福閣對雨寄李儋幼遐

飛閣凌太虛晨躋鬱崢嶸驚飈觸懸檻白雲冒層甍太陰布其地密雨垂八紘仰觀固不測俯視但冥冥感此窮秋氣沈鬱命友生及時未高步羇旅遊帝京聖朝無隱才品物俱昭形國士秉繩墨何以表堅貞寸心東北馳思與一會并我車夙已駕將逐晨風征郊塗住成淹默默阻中情

寺居獨夜寄崔主簿

幽人寂不（一作無）寐木葉紛紛落寒雨暗深更流螢度高閣坐使青燈曉還傷夏衣薄寧知歲方晏離居更蕭索

九日灃上作寄崔主簿倬二李端繫

淒淒感時節望望臨灃涘翠嶺明華秋高天澄遥滓川

寒流愈迅霜交物初委林葉索已空晨禽迎飈起時菊乃盈泛濁醪自爲美良遊雖可娛殷念在之子人生不自省營欲無終已孰能同一酌陶然冥斯理

西郊養疾聞暢校書有新什見贈久佇不至先寄此詩

養病愜清夏郊園敷卉木牕夕(一作户)含澗凉雨餘愛筠綠披懷始高詠對琴轉幽獨仰子遊羣英吐詞如蘭馥還聞枉嘉藻佇望延昏旭唯見草青青閉户灃水曲

灃上寄幼遐

寂寞到城闕惆悵返柴荆端居無所爲念子遠徂征夏晝人已息我懷獨未寧忽從東齋起兀兀尋澗行罥罣叢榛密披翫孤花明曠然西南望一極山水情周覽同遊處逾恨阻音形壯圖非旦夕君子勤令名勿復久留燕蹉跎在北京

善福精舍示諸生

湛湛嘉樹陰清露夜景沈悄然羣物寂高閣似陰岑方以玄默處豈爲名跡侵法妙(一作泛如)不知歸獨此抱冲襟齋舍無餘物陶器與單衾諸生時列坐共愛風滿林

晚出灃上贈崔都水

臨流一舒嘯望山意轉延隔林分落景餘霞明遠川首起趣東作已看耘夏田一從民里居歲月再徂遷昧質得全性世名良自牽行忻攜手歸聊復飲酒眠

寓居灃上精舍寄于張二舍人

萬木叢雲出香閣西連碧澗竹林園高齋猶宿遠山曙微霰下庭寒雀喧道心淡泊對流水生事蕭疎空掩門時憶故交那得見曉排閶闔奉明恩

開元觀懷舊寄李二韓二裴四兼呈崔郎中嚴家令

宿昔清都燕分散各西東車馬行跡在霜雪竹林空方軫故物念誰復一樽同聊披道書暇還此聽松風

春日郊居寄萬年吉少府中孚三原少府偉夏侯校書審

谷鳥時一囀田園春雨餘光風動林早高牕照日初獨飲澗中水吟咏老氏書城闕應多事誰憶此閑居

灃上醉題寄滁武

芳園知夕燕西郊已獨還誰言不同賞俱是醉花間

西郊期滁武不至書示

山高鳴過雨澗樹一云林澗落殘花非關春不待當由期自賒

灃上對月寄孔諫議

思懷在雲闕泊素守中林出處雖殊跡明月兩知心

將往滁城戀新竹簡崔都水示端

停車欲去繞叢竹偏愛新筠十數竿莫遣兒童觸瓊粉留待幽人迴日看

還闕首途寄精舍親友

休沐日云滿冲然將罷觀嚴車候門側晨起正(一作整)朝冠山澤含餘雨川澗注驚湍攬轡遵東路(一作登前路)迴首一長嘆居人已不見高閣在林端

秋夜南宮寄灃上弟及諸生

暝色起煙閣沈抱積離憂況兹風雨夜蕭條梧葉秋空宇感涼至顇顏驚歲周日夕遊闕下山水憶同遊

途中書情寄灃上兩弟因送二甥却還

華簪豈足戀幽林徒自違遥知别後意寂寞掩郊扉迴首昆池上更羨爾同歸

雪夜下朝呈省中一絕

南望青山滿禁闈曉陪鴛鷺正差池共愛朝來何處雪蓬萊宮裏拂松枝

卷三

寄柳州韓司户郎中

達一作遠識與昧機智殊迹同靜於焉得攜手屢賞清夜景瀟灑陪高詠從容羨華省一逐風波遷南登桂陽嶺舊里門空掩歡一作新遊事皆屏帳望城闕遥幽居時序永春風吹百卉和煦變閭井獨悶終日眠篇書不復省唯當望雨露霑子荒遐境

寄令狐侍郎

三山有瓊樹霜雪色逾新始自風塵交中結綢繆姻西掖方掌誥南宮復司春夕燕華池月朝奉玉階塵衆寶歸和氏吹嘘多俊人羣公共然諾聲問邈時倫孤鴻既高舉鷰雀在荆榛翔集且不同豈不欲殷勤一旦遷南郡江湖渺無垠寵辱良未定君子豈緇磷寒暑已推斥別離生苦辛非將會面目書札何由申

閑居寄端及重陽

山明野寺曙鐘微雪滿幽林人跡稀閑居寥落生高興無事風塵獨不歸

園林晏起寄昭應韓明府盧主簿

田家已耕作井屋起晨煙園林鳴好鳥閑居猶獨眠不覺朝已晏起來望青天四體一舒散情性亦忻然還復茅簷下對酒思數賢束帶理官府簡牘盈目前當念中

林賞覽物遍山川上非遇明世庶以道自全

寄大梁諸友

分竹守南譙弭節過梁池雄都衆君子出餞擁河湝燕謔始云洽方舟已解維一爲風水便但見山川馳昨日次睢陽今夕宿符離雲樹愴重疊烟波念還期相敦在勤事海内方勞師

新秋夜寄諸弟

兩地俱秋夕相望共(一作在)星河高梧一葉下空齋歸思多方用憂人瘼況自抱微痾無將别來近顔鬢已蹉跎

郊園聞蟬寄諸弟

去歲郊園别聞蟬在蘭省今歲卧南譙蟬鳴歸路永夕響依山谷餘悲散秋景(一作餘聲發秋嶺)緘書報此時(一作遠景)此心方耿耿

寄中書劉舍人

雲霄路竟别中年跡暫同比翼趨丹陛連騎下南宫佳詠邀清月幽賞滯芳藂迨予一出守與子限西東晨露方愴愴(一作蒼)離抱更忡忡忽睹九天詔秉綸歸國工玉座浮香氣秋禁散凉風應向横門度(一作傍)環珮杳玲瓏光輝恨未矚歸思坐難通蒼蒼松桂姿想在掖垣中

郡齋感秋寄諸弟

首夏辭舊國窮秋卧滁城方如昨日别忽覺徂歲驚高閣收煙霧池水晚澄清(一作明)户牖已淒爽晨夜感深情昔

遊郎署間是月天氣晴(一作清)授衣還西郊曉露田中(一作野)行采菊投酒中昆弟自同傾簪組聊掛辟焉知有世榮一旦居遠郡山川間音形大道庶無累及茲念已盈

郡中對雨贈元錫兼簡楊凌

宿雨冒空山空城響秋葉沈沈暮色至淒淒涼氣入蕭條林表散的礫荷上集夜霧著衣重新苔侵履濕遇茲端憂日賴與嘉賓接

冬至夜寄京師諸弟兼懷崔都水

理郡無異(一作美)政所憂在素飡徒令去京國羈旅當歲寒子(一作玄)月生一氣陽景極南端已懷時節感更抱別離酸私燕席(一作夕)云罷還齋夜方闌邃幕沈空宇(一作月)孤燈照牀單應同茲夕念寧忘故歲歡川途恍悠邈涕下一闌干

元日寄諸弟兼呈崔都水

一從守茲郡兩鬢生素髮新正加我年故歲去超忽淮濱益時候了似仲秋月川谷風景溫城池草木發高齋屬多暇惆悵臨芳物日月昧還期念君何時歇

寄職方劉郎中

相聞二十載不得展平生一夕(一作旦)南宮遇聊用寫中情端服光朝次羣烈慕(一作器)英聲歸來坐粉闈揮筆乃縱橫始陪文翰遊歡燕難久幷予因謬忝出君爲沈疾嬰別離寒暑過荏苒春草生故園茲日隔新禽池上鳴郡中永無事歸思徒自盈

社日寄崔都水及諸弟羣屬

山郡多暇日社時放吏歸坐閣獨成悶行塘閱清輝春風動高柳芳園掩夕扉遥思里中會心緒悵微微

寒食日寄諸弟

禁火曖佳辰念離獨傷抱見此野田花心思杜陵道聯騎定（一作竟）何時予今顏已老

三月三日寄諸弟兼懷崔都水

暮節看已謝兹晨愈可惜風澹意傷春池寒花斂夕（一作色）對酒始依依懷人還的的誰當曲水行相思尋舊跡

贈李儋侍御

風光山郡少來看廣陵春殘花猶待客莫問意中人

寄楊協律

吏散門閣掩鳥鳴山郡中遠念長江别俯覺座隅空舟泊南池雨簟捲北樓風併罷芳樽燕爲愴昨時同

郡齋贈王卿

無術謬稱簡素飡空自嗟秋齋雨成滯山藥寒始華濩落人皆笑幽獨歲逾賒唯君出塵意賞愛似山（一作僧）家

簡恒璨

室（一作臺）虚多涼氣（一作風）天高屬秋時空庭夜風雨草木曉離披簡書日云曠文墨誰復持聊因遇澄静一與道人期

閑居寄諸弟

秋艸生庭白露時故園諸弟益相思盡日高齋無一事

山僧一相訪吏案正盈前出處似殊致喧靜兩皆(一作依)禪

暮春華池宴清夜高齋眠此道本無得寧復有忘筌

寄諸弟(建中四年十月三日京師兵亂自滁州閒道遣使明年興元甲子歲五月九日使還作)

歲暮兵戈亂京國帛書間道訪存亡還信忽從天上落

唯知彼此淚千行

寄恒璨

心絶去來緣跡(一作蹤)順(一作斷)人間事獨尋秋草徑夜宿寒山

寺今日郡齋閑思問楞伽字

簡郡中諸生

守郡臥秋閣四面盡荒山此時聽夜雨孤燈照窗間藥

園日蕪沒書帷長自閑惟當上客至論詩一解顏

寄全椒山中道士

今朝郡齋冷忽念山中客澗底束(一作采)荊薪歸來煮白石

欲持一瓢酒遠慰(一作寄)風雨夕落葉滿(一作遍)空山何處尋行

跡

寄釋子良史酒

秋山僧冷病聊寄三五杯應瀉山瓢裏還寄此瓢來

重寄

復寄滿瓢去定見空瓢來若不打瓢破終當費酒材

答釋子良史送酒瓢

此瓢今已到山瓢知已空且飲寒塘水遥將回也同(一作遥知回也風)

簡陟巡建三甥盧氏生

忽羨後生連榻話獨依寒燭一齋空時流歡笑事從別把酒吟詩待爾同

覽褒子臥病一絕聊以題示沈氏生全真

念子抱沉疾霜露變滁城獨此高窗下自然無世情

寄璨師

林院生夜色西廊上紗燈時憶長松下獨坐一山僧

寄盧陟

柳葉遍寒塘曉霜凝高閣累日此流連別來成寂寞

途中寄楊邈裴緒示褒子永陽縣館中作

上宰領淮右下國屬星馳霧野騰曉騎霜竿裂凍旗蕭蕭陟連岡莽莽望空陂風截鴈嘹唳雲參樹參差高齋明月夜中庭松桂姿當睽一酌恨況此兩旬期

宿永陽寄璨律師

遥知郡齋夜凍雪封松竹時有山僧來懸燈獨自宿

雪行寄褒子

淅瀝覆寒騎飄飄暗川容行子郡城曉披雲看杉松

寄裴處士

春風駐遊騎晚景澹山暉一問清泠子獨掩荒園扉草木雨來長里閭人到稀方從廣陵宴花落未言歸

偶入西齋院示釋子恒璨

僧齋地雖密忘子跡要賒一來非問訊自是看山花

示全眞元常 元常趙氏生

余辭郡符去爾爲外事牽寧知風雪夜復此對牀眠始話南池飲更詠西樓篇無將一會易歳月坐推遷

寄劉尊師

世間荏苒縈此身長望碧山到無因白鶴徘徊看不去遥知下有清都人

寄廬山椶衣居士

兀兀山行無處歸山中猛虎識椶衣俗客欲尋應不遇雲溪道士見猶稀

因省風俗與從姪成緒遊山水中道先歸寄示

累宵同燕酌十舍攜征騎始造雙林寂遐搜洞府祕羣峯繞盤鬱懸泉仰特一作時異陰壑雲松埋陽崖煙花媚每慮觀省牽中乖遊踐志我尚山水行子歸棲息地一操臨流袂上聳干雲轡獨往倦危途懷冲一作忡寡幽致賴爾還都期方將登樓遲

寒食寄京師諸弟

雨中禁火空齋冷江上流鶯獨坐聽把酒看花想諸弟杜陵寒食草青青

歳日寄京師諸李端武等

獻歳抱深惻僑居念歸緣常患親愛離始覺世務牽少事河陽府晚守淮南壖平生幾會散已及蹉跎年昨日罷符竹家貧遂留連部曲多已去車馬不復全閑將酒

爲偶默以道自詮聽松南巖寺見月西澗泉爲政無異術當責豈望遷終理一作裹來時裝歸鑿杜陵田

簡盧陟

可憐白雪曲未遇知音人恓惶戎旅下蹉跎淮海濱澗樹含朝雨山鳥哢餘春我有一瓢酒可以慰風塵

西澗即事示盧陟

寢扉臨碧澗晨起澹忘情空林細雨至圓文遍水生永日無餘事山中伐木聲知子塵喧久暫可散一作解煩纓

登郡寄京師諸季淮南子弟

始罷永陽守復臥潯陽樓懸檻飄寒雨危堞侵一作浸江流迨茲聞雁夜重憶別離秋徒有盈樽酒鎮此百端憂

寄黃尊師

結茅種杏在雲端掃雪焚香宿石壇靈祇不許世人到忽作雷風登嶺難

寄黃劉二尊師

廬山兩道士各在一峰居矯掌白雲表晞髮陽和初清夜降眞侶焚香滿空虛一作盧中有無爲樂自然與世疎道尊不可屈符守豈暇餘高齋遙致敬願示一編書

秋夜寄丘二十二員外

懷君屬秋夜散步詠涼天山空松子落幽人應未眠

贈丘員外二首

高詞棄浮靡貞行表鄉閭未眞南宮拜聊偃東山居大

藩本多事日與文章踈每一覩之子高詠遂起予宵晝
方連燕煩悰亦頓祛格言雅誨闕善謔矜數餘久蹋思
遊曠窮慘遇陽舒虎丘愜登眺吳門悵躊躇方此戀攜
手豈云還舊墟告諸吳子弟文學爲何如
跡與孤雲遠心將野鶴俱那同石氏子每到府門趨

贈李判官

良玉定爲寶長材世所稀佐幕方巡郡奏命布恩威食
蔬程獨守飲冰節靡違決獄興邦頌高文禀天機賓館
在林表望山啓西扉下有千畝田泱漭吳土肥始耕已
見穫袗絺今授衣政拙勞詳省淹留未得歸雖慙且忻
願日夕覩光輝

寄皎然上人

吳興老釋子野雪蓋精廬詩名徒自振道心長晏如想
茲棲禪夜見月東峰初鳴鐘一作磬驚巖壑焚香滿空虛叨
慕端成舊未識豈爲踈顧以碧雲思方君怨別餘茂苑
文華地流水古僧居何當一遊詠倚閣吟躊躇

贈舊識

少年遊太學負氣蔑諸生蹉跎三十載今日海隅行

復理西齋寄丘員外

前歲理西齋得與君子同迨茲已一周悵望臨春風始
自踈林竹還復長榛叢端正良難久蕪穢易爲功援斧
開衆鬱如師啓羣蒙庭宇還清曠煩抱亦舒通海隅雨

雪霽春序風景融時物方如故懷賢思無窮

和張舍人夜直中書寄吏部劉員外

西垣草詔罷南宮憶上才月臨蘭殿出凉自鳳池來松桂生丹禁鴛鷺集雲臺託身各有所相望徒徘徊

和李二主簿寄淮上綦毋三

滿城憐傲吏終日賦新詩請(去聲)報淮陰客春帆浪作(音佐)期

寄二嚴(士良婺牧 士元郴牧)

絲竹久已懶今日遇君忺打破蜘蛛千道網總爲鶺鴒兩箇嚴

韋蘇州詩集

卷四

李五席送李主簿歸西臺

請告嚴程盡西歸道路寒欲陪鷹隼集猶戀鶺鴒單洛
邑人全少嵩高雪尚殘滿臺誰不故報我在微官

送崔押衙相州頃任內黄令

禮樂儒家子英豪燕趙風驅雞嘗理邑走馬却從戎白
刃千夫闢黄金四海同嫖姚恩顧下諸將指揮中別路
憐芳草歸心伴塞鴻鄴城新騎滿魏帝舊臺空望闕應
懷戀遭時貴立功萬方如己靜何處欲輸忠

送宣城路錄事

江上宣城郡孤舟遠到時雲林謝家宅山水敬亭祠綱
紀多閑日觀遊得賦詩都門且盡醉此別數年期

送李十四山東遊一作山人東遊

聖朝有遺逸披膽謁至尊豈是貿榮寵誓將救元元權
豪非所便書奏寢禁門高歌長安酒忠憤不可吞欻來
客河洛日與靜者論濟世翫小事丹砂駐精魂東遊無
復繫梁楚多大蕃高論動侯伯疎懷脫塵喧送君都門
野飲我林中樽立馬望東道白雲滿梁園踟躕欲何贈
空是平生言

送李二歸楚州時李弟牧楚州被訟赴急

情人南楚別復詠在原詩忽此嗟岐路還令泣素絲風

波朝夕遠音信往來遲好去扁舟客青雲何處期

送閻寀赴東川辟

冰炭俱可懷孰云熱與寒何如結髮友不得攜手懽晨登嚴霜野送子天一端祇承簡書命俯仰豸角冠上陟白雲嶠下冥玄谿湍離羣自有託歷險得所安當念反窮巷登朝成慨嘆

送令狐岫宰恩陽

大雪天地閉羣山夜來晴居家猶苦寒子有千里行行行安得辭荷此蒲璧榮賢豪爭追攀飲餞出西京樽酒豈不歡暮春自有程離人起視日僕御促前征逶遲歲已窮當造巴子城和風被草木江水日夜清從來知善政離別慰友生

送馮著受李廣州署爲錄事

鬱鬱楊柳枝蕭蕭征馬悲送君灞陵岸糾郡南海湄名在翰墨場羣公正追隨如何從此去千里萬里期大海吞東南橫嶺隔地維建邦臨日域溫燠御四時百國共臻奏珍奇獻京師富豪虞興戎繩墨不易持州伯荷天寵（一作龍還）還當翊丹墀子爲門下生終始豈見遺所願酌貪泉心不爲磷緇上將翫國士下以報渴飢

送元倉曹歸廣陵

官閑得去住告別戀音徽（一作輝）舊國應無業他鄉到是歸楚山明月滿淮甸夜鐘微何處孤舟泊遙遙心曲違

送唐明府赴溧水（三任縣事）

三爲百里宰已過十餘年祇嘆官如舊旋聞邑屢遷魚鹽濱海利薑蔗傍湖田到此安甿俗琴堂又晏然

喜於廣陵拜覲家兄奉送發還池州

青青連枝樹苒苒久別離客遊廣陵中俱到若有期俯仰敘存殁哀腸發酸悲收情且爲歡累日不知飢夙駕多所迫復當還歸池長安三千里歲晏獨何爲南出登閶門驚飆左右吹所別諒非遠要令心不怡

送章八元秀才擢第往上都應制

決勝文場戰已酣行應辟命復才堪旅食不辭遊闕下春衣未換報江南天邊宿鳥生歸思關外晴山滿夕嵐

立馬欲從何處別都門楊柳正毿毿

送張侍御祕書江左覲省

莫歎都門路歸無駟馬車繡衣猶在篋芸（一作蓬）閣已觀書沃野收紅稻長江釣白魚晨飡亦可薦（一作潔）名利欲何如

賦得鼎門送盧耿赴任

名因定鼎地門對鑿龍山水北樓臺近城南車馬還稍開芳野靜欲掩暮鐘閑去此無嗟屈前賢尚抱關

賦得浮雲起離色送鄭述誠

遊子欲言去浮雲那得知偏能見行色自是獨傷離晚帶城遥暗秋生峰尚奇還因朔吹斷疋馬與相隨

餞雍聿之潞州謁李中丞

鬱鬱雨（一作兩）相遇出門草青青酒酣拔劍舞慷慨送子行
驅馬涉大河日暮懷洛京前登太行路志士亦未平薄
遊五府都高步振英聲主人才且賢重士百金輕絲竹
促飛觴夜讌達晨星娛樂易淹暮諒在執高情

上東門會送李幼舉南遊徐方

離絃既罷彈罇酒亦已闌聽我歌一曲南徐在雲端雲
端雖云邈行路本非難諸侯皆愛才公子遠結歡濟濟
都門宴將去復盤桓令姿何昂昂良馬遠遊冠意氣且
爲别由來非所嘆

送洛陽韓丞東遊

仙鳥何飄飄綠衣翠爲襟顧我差池羽咬咬懷好音徘

徊洛陽中遊戲清川潯神交不在結歡愛自中心駕言
忽徂征雲路邈且深朝遊尚同啄夕息當異林出餞宿
東郊列筵屬城陰舉酒欲爲樂憂懷方（一作何）沈沈

送鄭長源

少年一相見（一作得）飛轡河洛間歡遊不知罷中路忽言還
泠泠鵾絃哀悄悄冬夜閑丈夫雖耿介遠别多苦顔君
行拜高堂速駕難久攀雞鳴儔侶發朔雪滿河關須臾
在今夕罇酌且循環

送李儋

别離何從生乃在親愛中反念行路子拂衣自西東日
昃不留宴嚴車出崇墉行遊（一作役）非所樂端憂（一作處）道未通

（作豈）春野百卉發清川思無窮芳時坐離散世事誰可同歸當掩重關默默想音容

賦得暮雨送李冑（一作渭）

楚江微雨裏建業暮鐘時漠漠帆來重冥冥鳥去遲海門深不見浦樹遠含滋相送情無限沾襟比散絲

留別洛京親友

握手出都門駕言適京師豈不懷舊廬惆悵與子辭麗日坐高閣清觴醼華池昨遊倏已過後遇良未知念結路方永歲陰野無暉單車我當前（一作去）暮雪子獨歸臨流（一云漸遙）一相望零淚忽沾衣

賦得沙際路送從叔象

獨樹沙邊人跡稀欲行愁遠暮鍾時野泉幾處侵應盡不遇山僧知問誰

送榆次林明府

無嗟千里遠亦是宰王畿策馬雨中去逢人關外稀邑傳榆石在路遶晉山微別思方蕭索新秋一葉飛

雜言送黎六郎（壽陽公之子）

冰壺見底未爲清少年如玉有詩名聞話嵩峰多野寺不嫌黃綬向陽城朱門嚴訓朝辭去騎出東郊滿飛絮河南庭下拜府君陽城歸路山氛氳山氛氳長不見鈞臺水渌荷已生少姨廟寒花始徧縣閑吏傲與塵隔移竹疏泉常岸幘莫言去作折腰官豈似長安折腰客

天長寺上方別子西有道時任京兆府功曹攝高陵宰別田曹盧康户曹韓質因而有作
假邑非拙素況乃別伊人聊登釋氏居攜手戀一作念茲晨
高曠出塵表逍遥滌心神青山對芳苑列樹遶一作盈通津
車馬無時絶行子倦風塵今當遵往路佇立欲何申唯
持貞白志以慰心所親

送黎六郎赴陽翟少府

試吏向嵩陽春山躑躅芳腰垂新綬色衣滿舊芸香喬
樹別時綠客程關外長祗應傳善政日夕慰高堂

送別覃孝廉

思親自當去不第未蹉跎家住青山下門前芳草一作流水多
秭歸通遠徼巫峽注驚波州舉年年事還期復幾何

送開封盧少府

雄藩車馬地作尉有光輝滿席賓常侍一作待闐街燭夜歸
關河征旆遠煙樹夕陽微到處無留滯梁園花欲稀

送槐廣落第歸揚州

下第常稱屈少年心獨輕拜親歸海畔似舅得詩名晚
對青山別遥尋芳草行還期應不遠寒露濕蕪城

送汾城王主簿

少年初帶印汾上又經過芳草歸時徧情人故郡多禁
鐘春雨細宮樹野煙和相望東橋別微風起夕波

送澠池崔主簿

邑帶洛陽道年年應此行當時匹馬客今日縣人迎暮

雨投關郡春風別帝城東西殊不遠朝夕待佳聲

送顔司議使蜀訪圖書

軺駕一封急（一作傳）蜀門千嶺曛詎分江轉字但見路緣雲山館夜聽雨秋猿獨叫羣無爲久留滯聖主待遺文

奉送從兄宰晉陵

東郊暮草歇千里夏雲生立馬愁將夕看山獨送行依微吳苑樹迢遞晉陵城悵此斷行別邑人多頌聲

贈別河南李功曹（宏辭登科拜官）

耿耿抱私戚寥寥獨掩扉臨觴自不飲況與故人違故人方琢磨瓌朗代所稀憲禮更右職文翰灑天機聿（一作竭）來自東山羣彥仰餘輝談笑取高第綰綬即言歸洛都

遊燕地千里及芳菲今朝章臺別楊柳亦依依雲霞未改色山川猶夕暉忽復不相見心思亂霏霏

送五經趙隨登科授廣德尉

明經有清秩當在石渠中獨往宣城郡高齋謁謝公寒原正蕪漫（一作沒）夕鳥自西東秋日不堪別淒淒多朔風

宴別幼遐與君貺兄弟

乖闕（一作闊）意方（一作云）弭安知忽來翔累日重歡宴一旦復離傷置酒慰茲夕秉燭坐華堂契闊未及展晨星出東方征人慘已辭車馬儼成（一作來）裝我懷自無歡原野滿春光（一作芳）羣水含時澤野雉鳴朝陽平生有壯志不覺淚霑裳況自守空宇日夕但徬徨

送宣州周錄事

清時重儒士糾郡屬伊人薄遊長安中始得一交親英豪若雲集餞別塞城闉高駕臨長路日夕起風塵方念清宵宴已度芳林春從茲一分手緬邈吳與秦但覩年運駛安知後會因唯當存令德可以解悁勤

謝櫟陽令歸西郊贈別諸友生

結髮仕（一作事）州縣蹉跎在文墨徒有排雲心何由生羽翼幸遭明盛日萬物蒙生植獨此抱微痾頹然謝斯職（大曆十四年六月二十三日自鄠縣制除櫟陽令以疾辭歸善福精舍七月二十日賦此詩）世道方荏苒郊園思偃息為歡日已延君子情未極馳觴（一作驅馳）忽云晏高論良難測遊步清都宮迎風嘉樹側晨起西郊道原野分黍稷自樂

陶唐人服勤在微力佇君列丹陛出處兩為得

送端東行

世承清白遺（一作世事留清白）躬服古人言從宦（一作官）俱守道歸來共閉門驅車何處去暮雪滿平原

送姚孫（一作系）還河中

上國旅遊罷故園生事微風塵滿路起行人何處歸留思芳樹飲惜別暮春暉幾日投關郡河山對掩扉

始除尚書郎別善福精舍（建中二年四月十九日自前櫟陽令除尚書比部員外郎）

簡略非世器委身同草木逍遙精舍居飲酒自為足累日曾一櫛對書常懶讀社臘會高年山川恣遊矚明世方選士中朝懸美祿除書忽到門冠帶便拘束愧忝郎

署跡謬蒙君子錄俯仰垂華纓飄飄翔輕轂行將親愛别戀此西澗曲遠峰明夕川夏雨生衆綠迅風飄野路（一作吹往路）迴首不遑宿明晨下煙閣白雲在幽谷

送常侍御却使西蕃

歸奏聖朝行萬里却銜天詔報蕃臣本是諸生守文墨今將匹馬靜煙塵旅宿關河逢暮雨春耕亭鄣識遺民此去多應收故地寧辭沙塞往來頻

送郗詹事

聖朝列羣彥穆穆佐休明君子獨知止懸車守國程忠良信舊德文學播英聲既獲天爵美況將齒位幷書奏蒙省察命駕乃東征皇恩賜印綬歸爲田里榮朝野同稱歎園綺鬱齊名長衢軒蓋集飲餞出西京時屬春陽節草木已含英洛川當盛宴斯焉爲達生

送蘇評事

季弟仕譙都元兄坐蘭省言訪始忻忻念離當耿耿嗟峨夏雲起迢遞山川永登高望去塵紛思終難整（一作罄）

送李侍御益赴幽州幕

二十揮篇翰三十窮典墳辟書五府至名爲四海聞始從車騎幕今赴嫖姚軍契闊晚相遇草感遽離羣悠悠行子遠眇眇川塗分登高望燕代日夕生夏雲司徒擁精甲誓將除國氛儒生幸持斧可以佐功勳無言羽書急坐闕相思文

自尚書郎出爲滁州刺史 留别朋友兼示諸弟

少年不遠仕秉笏東西京中歲守淮郡奉命乃征行素慙省閣姿況忝符竹榮効愚方此始顧私豈獲幷徘徊親交戀愴悢昆友情日暮風雪起我去子還城登塗建隼旗勒駕望承明雲臺煥中天龍闕鬱上征晨與奉早朝玉露霑華纓一朝從此去服膺理庶甿皇恩儻歲月歸復厠羣英

送元錫楊凌

荒林翳山郭積水成秋晦端居意自違況别親與愛歡筵慊未足離燈悄已對還當掩郡閣佇君方此會

送楊氏女

永日方慼慼出門復悠悠女子今有行大江泝輕舟爾輩況無恃撫念益慈柔幼爲長所育 幼女爲楊氏所撫育 兩别泣不休對此結中腸義往難復留自小闕內訓 言早無恃 事姑貽我憂賴茲託令門仁恤庶無尤貧儉誠所尚資從豈待 一作在 周孝恭遵婦道容止順其猷别離在今晨見爾當何秋居閑始自遣臨感忽難收歸來視幼女零淚緣纓流

送中弟 一作送崔肅懿

秋風 一作氣 入疎户離人起晨朝山郡多風雨西樓更蕭條嗟予淮海老送子關河遥同來不同去沈憂寧復消

寄别李儋

首戴惠文冠心有決勝籌翩翩四五騎結束向幷州名

在相公幕一作府丘山恩未酬妻子不及顧親友安得留宿
昔同文翰交分共綢繆忽枉别離札涕淚一交流遠郡
臥殘疾一作雨凉氣滿西樓想子臨長路時當淮海秋

送倉部蕭員外院長存

襆被蹉跎老江國情人邂逅此相逢不隨鴛鷺朝天去
遥想蓬萊臺閣重

送王校書

同宿高齋換時節共看移石復栽杉送君江浦已惆悵
更上西樓看遠帆

送丘員外還山

長棲白雲表暫訪高齋宿還辭郡邑諠歸泛松江淥結
茅隱蒼嶺伐薪響深谷同是山中人不知往來躅靈芝
非庭草遼鶴委一作匪池鶩終當署里門一表高陽族

重送丘二十二還臨平山居

歲中始再覯方來又解攜纔留野艇語已憶故山棲幽
澗人夜汲深林鳥長啼還持郡齋酒慰子一作此霜露凄

送鄭端公弟移院常州

時瞻憲臣重禮爲內兄全公程儻見責私愛信不愆況
昔陪朝列今茲俱海壖清觴方對酌一作笑燕天書忽告遷豈
徒咫尺地使我心思綿應當自此始歸拜雲臺前

送房杭州孺復

專城未四十暫謫豈蹉跎風雨吳門夜惻愴别情多

送陸侍御還越

居藩久不樂遇子聊一欣英聲頗籍甚交辟迺時珍繡衣過舊里驄馬輝四鄰(一作輝光耀四鄰)敬恭尊郡守牋簡具州民謬忝誠所愧思懷方見申置榻宿清夜加籩醼良辰遵塗還盛府行舫遶長津自有賢方伯得此文翰賓

聽江笛送陸侍御(同丘員外賦題)

遠聽江上笛臨觴一送君還愁獨宿夜更向郡齋聞

送丘員外歸山居

郡閣始嘉宴青山憶舊居為君量革履且願住藍轝

送崔叔清遊越

忘茲適越意愛我郡齋幽野情豈好謁詩興一相留遠

水帶寒樹閶門望去舟方伯憐文士無為成滯遊

送雲陽鄒儒立少府侍奉還京師

建中即藩守天寶為侍臣歷觀兩都士多閱諸侯人鄒生乃後來英俊亦罕倫為文頗瓌麗稟度自貞醇甲科推令名延閣播芳塵再命趨王畿請告奉慈親一鍾信榮祿可以展歡欣昆弟俱時秀長衢當自伸聊從郡閣暇美此時景新方將極娛宴已復及離晨(一云蕪後乃離辰一作燕後)省署慙再入江海綿十春今日閶門路握手子歸秦

送豆盧策秀才

歲交冰未(一作始又作水)泮地卑海氣昏子有京師遊始發吳閶門新黃含遠林微綠生陳根詩人感時節行道當憂煩

古來濩落者俱不事田園文如金石韻豈乏知音言方辭郡齋榻爲一作已酌離亭罇無爲倦羈旅一去高飛翻

送王卿

別酌春林啼鳥稀雙旌背日晚風吹却憶回來花已盡東郊立馬望城池

送劉評事

聲華滿京洛藻翰發陽春未遂鵷鴻舉尚爲江海賓吴中高宴罷西上一遊秦已想函關道遊子冒風塵籠禽羨歸翼遠守懷交親況復歲云暮凜凜冰霜辰旭霽開郡閣寵餞集文人洞庭摘朱實松江獻白鱗丈夫豈恨別一酌且歡忻

送雷監赴闕庭

才大無不備出入爲時須雄藩精理行祕府擢文儒詔書忽已至焉得久踟躕方舟趂朝謁觀者盈路衢廣筵列衆賓送爵無停迂攀餞誠愴恨一作悴賀榮且歡娛長陪柏梁宴日向丹墀趨時方重右職蹉跎獨海隅

送秦系赴潤州

近作新婚鑷白髯長懷舊卷映藍衫更欲攜君虎丘寺不知方伯望征帆

送孫徵赴雲中

黄驄少年舞雙戟目視傷人皆辟易百戰曾誇隴上兒一身復作雲中客寒風動地氣蒼芒橫吹先悲出塞長

敲石軍中傳夜火斧冰河畔汲朝漿前鋒直指陰山外
虜騎紛紛翦應碎匈奴破盡看君歸金印酬功如斗大

卷五

期盧嵩枉書稱日暮無馬不赴以詩荅

佳期不可失終願枉衡門南陌人猶度西林日未昏庭前空倚杖花裏獨留罇莫道無來駕知君有短轅

任洛陽丞答前長安田少府問

相逢且對酒相問欲何如數歲猶卑吏家人笑著書告歸應一作今未得榮宦又知疎日日生春草空令憶舊居

假中枉盧二十二書亦稱卧疾兼訝李二久不訪問以詩荅書因亦戲李二

微官何事勞趨走服藥閑眠養不才花裏棊盤憎鳥汙枕邊書卷訝風開故人問訊緣同病芳月相思阻一杯應笑王戎成俗物遥持麈尾獨徘徊

酬盧嵩秋夜見寄五韻

喬木生夜涼月華滿前墀去君咫尺地勞君千里一作萬思素秉棲遁志況貽招隱詩坐見林木榮一云坐損經濟策願赴滄洲期何能待歲晏攜手當此時盧詩云歲晏以為期

酬鄭户曹驪山感懷

蒼山何鬱盤飛閣凌上清先帝昔好道下元朝百靈白雲已蕭條麋鹿但縱横泉水今尚煖舊林亦青青我念綺襦歲扈從當太平小臣職前驅馳道出灞亭翻翻日月旗殷殷鼙鼓聲萬馬自騰驤八駿按轡行日出煙嶠

緣氛氲麗層甍登臨起遐想沐浴懽聖情朝燕詠無事時豐賀國禎日和絃管音下使萬室聽海内湊朝貢賢愚共歡榮合沓車馬喧西聞長安城事往世如寄感深迹所經申章報蘭藻一望雙涕零

荅李澣三首

孤客逢春暮緘情寄舊遊海隅人使遠書到洛陽秋

馬卿猶有壁漁父自無家想子今何處扁舟隱荻花

林中觀易罷溪上對鷗閑楚俗饒辭客何人最往還

酬柳郎中春日歸揚州南郭見别之作

廣陵三月花正開花裏逢君醉一迴南北相過殊不遠暮潮從去早潮來

酬豆盧倉曹題庫壁見示

掾局勞才子新詩動洛川運籌知決勝聚米似論邊宴罷常分騎晨趨又比肩莫嗟年鬢改郎署定推先

酬李儋

開門臨廣陌旭旦車駕喧不見同心友徘徊憂且煩都城二十里居在艮與坤人生所各務乖闊累朝昏湛湛罇中酒青青芳樹園緘情未及發先此枉璵璠邁世超（一作躡）高躅尋流得真源明當策疲馬與子同笑言

酬元偉過洛陽夜燕

三載寄關東所懽皆遠違思懷方耿耿忽得觀容輝親燕在良夜歡攜闘中闈問我猶杜門不能奮高飛明燈

照四隅炎炭正可依清觴雖云酌所媿乏珍肥晨裝復當行寥落星已稀何以慰心曲佇子西還歸

酬韓質舟行阻凍

晨坐枉嘉藻持此慰寝興中獲辛苦奏長河結陰冰皓曜羣玉發凄清孤景凝一作澄至柔反成堅造化安可恒方舟未得行鑿飲空兢兢寒苦彌時節待泮豈所能何必涉廣川荒衢且升騰殷勤宣中意庶用達吾朋

李博士弟以余罷官居同德精舍共有伊陸名山之期久而未去枉詩見問中云宋生昔登覽末云那能顧蓬蓽直寄鄙懷聊以爲答

初夏息衆緣雙林對禪客枉茲芳蘭藻促我幽人策冥

搜企前哲逸句陳往迹髣髴陸渾南迢遞千峰碧從來遲高駕自顧無物役山水心所娛如何更朝夕晨興涉清洛訪子高陽宅莫言往來疎駑馬知阡陌

寄酬李博士永寧主簿叔廳見待

解鞍先幾日款曲見新詩定向公堂醉遥憐獨去時葉霑寒雨落鐘度遠山遲晨策已云整當同林下期

荅令狐士曹獨孤兵曹聯騎暮歸望山見寄

共愛青山住近南行牽吏役背雙驂枉書獨宿對流水遥羨歸時滿夕嵐

荅李博士

休沐去人遠高齋出林杪晴山多碧峰顥氣疑秋曉端

居喜良友枉使千里路緘書當夏時開緘時已度簷鶵已飄颻荷露方蕭颯夢遠竹窗幽行稀蘭徑合舊居共南北往來只如昨問君今爲誰日夕度清洛

答劉西曹（時爲京兆功曹）

公館夜云寂微涼羣樹秋西曹得時彥華月共淹留長嘯舉清觴志氣誰與儔千齡事雖邈俯念忽已周篇翰如雲興京洛頗優游詮文不獨古理妙卽同流淺劣見推許恐爲識者尤空慙文璧贈日夕（一作仄）不能酬

答貢士黎逢（時任京兆功曹）

茂等（一作才）方上達諸生安可希栖神澹物表渙汗布令詞如彼崑山玉本自有光輝鄙人徒區區稱歎亦何爲彌月曠不接公門但（一作役）驅馳蘭章忽有贈持用慰所思不見心尚（一作微）密況當相見時

答韓庫部（協）

良玉表貞度麗藻頗爲工名列金閨籍心與素士同日晏下朝來車馬自生風清宵有佳興皓月直南宮矯翮方上征顧我邈忡忡豈不願攀舉執事府庭中智乖時亦蹇才大命有（一作爲）通還當以道推解組守蒿蓬

答崔主簿倬

朗月分林靄遙管動離聲故歡良已阻空宇澹無情窈窕雲雁沒蒼茫河漢橫蘭章不可答冲襟徒自盈

答徐秀才

鈆鈍謝貞器時秀猥見稱豈如白玉仙（一作仙山鶴）方與紫霞
升清詩舞艷雪孤抱瑩玄冰一枝非所貴懷書思武（一作且茂）
陵

答東林道士

紫閣西邊第幾峰茅齋夜雪虎行蹤遙看黛色知何處
欲出山門（一作欲向西山）尋暮鐘

答長寧令楊轍

皓月升林表公堂滿清輝嘉賓自遠至觴飲夜何其宰
邑視京縣歸來無寸資瓌文溢衆寶雅正得吾師廣川
含澄瀾茂（一作芳）樹擢華滋短才何足數枉贈媿妍詞歡盼
良見屬素懷亦已披何意雲棲翰不嫌蓬艾卑但恐河
漢沒回車首路岐

答馮魯秀才

晨坐枉瓊藻知子返中林澹然山景晏泉谷響幽禽髣
髴謝塵跡逍遙舒道心顧我腰間綬端爲華髮侵簿書
勞應對篇翰曠不尋薄田失鋤耨生苗安可任徒令慙
所問想望東山岑

答崔主簿問兼簡溫上人

緣情生衆累晚悟依道流諸境一已寂了将身世浮閑
居澹無味忽復四時周靡靡芳草積稍稍新篁抽卽此
抱餘素塊然誠寡儔自適一忻意愧蒙君子憂

清都觀答幼遐

逍遥仙家子日夕朝玉皇興高清露没渴飲瓊華漿解組一來款披衣拂天香粲然顧我笑綠簡發新章泠泠如玉音(一作響)馥若蘭芳浩意坐盈此月華殊未央却念諠譁日何由得清涼踈松抗(一作枕)高殿密竹陰長廊榮名等糞土攜手隨風翔

善福精舍荅韓司錄清都觀會宴見憶

弱志厭衆紛抱素寄精廬皦皦仰時彦悶悶(平聲)獨爲愚之子亦辭秩高蹤罷馳驅忽因西飛禽贈我以瓊琚始表仙都集復言歡樂殊人生各有因契闊不獲俱一來田野中日與人事踈水木澄秋景逍遥清賞餘枉駕懷前諾引領豈斯須(一作須臾)無爲便高翔邈矣不可迂

荅長安丞裴說

出身忝時士於世本無機爰以林壑趣遂成頑鈍姿臨流意已凄采菊露未稀舉頭見秋山萬事都若遺獨踐幽人蹤邈將親友違髦士佐京邑懷念枉貞詞久雨積幽抱清罇宴良知從容操劇務文翰方見推安能戢羽翼顧此林栖時

奉酬處士叔見示

挂纓守貧賤積雪臥郊園叔父親降趾壺觴攜到門高齋樂宴罷清夜道心存卽此同踈氏可以一忘言

荅庫部韓郎中

高士不羈世頗將榮辱齊適委華冕去欲還幽林栖雖

懷承明戀忻與物累睽逍遥觀運流誰復識端倪而我豈高（一作能）致偃息平門西愚者世所遺沮溺共耕犂風雪積深夜園田掩荒蹊幸蒙相思札款曲期見攜

荅暢校書當

偶然棄官去投跡在田中日出照茅屋園林（一作種園）養愚蒙雖云無一資罇酌會不空且忻百穀成仰嘆造化功出入與民伍作事靡不同時伐南澗竹夜還灃水東貧蹇自成退豈為高人蹤覽君金玉篇彩色發我容（一作蒙）日月欲為報方（一作歷）春已徂冬

荅崔都水

深夜竹亭雪孤燈案上書不遇無為化（一作法）誰復得閒居

酬令狐司錄善福精舍見贈

野寺望山雪空齋對竹林我以養愚地生君道者心

灃上精舍荅趙氏外生伉

遠跡出塵表寓身雙樹林如何小子伉（一作弟）亦有超世心擔書從我遊攜手廣川陰雲開夏郊綠景晏青山沈對榻遇清夜獻詩合（一作全）雅音所推苟禮數於性道豈深隱拙在冲默經世昧古今無為率爾言可以致華簪

荅趙氏生伉

暫與雲林別忽陪鴛鷺翔看山不得去知爾獨相望

荅端

郊園夏雨歇閑院綠陰生職事方無効幽賞獨違情物

色坐如見離抱悵多盈況感夕凉氣聞此亂蟬鳴

荅史館張學士段(一作同)柳庶子學士集賢院看花見寄兼呈柳學士

班揚秉文史對院自爲鄰餘香掩閣去遲日看花頻似雪飄閶闔從風點近臣南宮有芳樹不竝禁垣春

荅王郎中

臥閣枉芳藻覽旨悵秋晨守郡猶羈寓無以慰嘉賓野曠歸雲盡天清曉露新池荷凉已至牕梧落漸頻風物殊京國邑里但荒榛賦繁屬軍興政拙媿斯人髦士久臺閣中路一漂淪歸當列盛朝(一作明)豈念臥淮濱

荅崔都水

亭亭心中人迢迢居秦關常緘素札去(一作問)適枉華章還憶在灃郊時攜手望秋山久嫌官府勞初喜罷秩閑終年不事業寢食長慵頑不知爲時來(一作何爲來)名籍挂郎間攝衣辭田里華簪耀頹顏卜居又依仁日夕正追攀牧人本無術命至苟復遷離念積歲序歸途眇山川郡齋有佳月園林含清泉同心不在宴罇酒徒盈前覽君陳迹遊詞意俱悽妍忽忽已終日將詶不能宣氓税況重疊公門極熬煎責逋甘首免(一作退)歲晏當歸田勿厭守窮轍(一作賤)愼爲名所牽

荅王卿送別

去馬嘶春草歸人立夕陽元知數日別要使兩情傷

答裴丞説歸京所獻

執事頗勤久行去亦傷乖家貧無僮僕吏卒升寢齋衣服藏内篋藥草曝前階誰復知次第濩落且安排還期在歲晏何以慰吾懷

答裴處士

遺民愛精舍乘犢入青山來署高陽里不遇白衣還禮賢方化俗聞風自款關況子逸羣士栖息蓬蒿間

答楊奉禮

多病守山郡自得接嘉賓不見三四日曠若十餘旬臨觴獨無味對榻已生塵一詠舟中作灑雪忽驚新煙波見棲旅景物具昭陳秋塘唯落葉野寺不逢人白事廷

吏簡閑居文墨親高天池閣靜寒菊霜露頻應當整孤棹歸來展殷勤

答端

坐憶故園人已老寧知遠郡雁還來長瞻西北是歸路獨上城樓日幾迴

答僩奴重陽二甥（僩奴趙氏甥伉　重陽崔氏甥播）

弃職曾守拙翫幽遂忘喧山澗依磽礴竹樹蔭清源貧居煙火濕（一作絶）歲熟梨棗繁風雨飄茅屋蒿草没瓜園羣屬相歡悦不覺過朝昏有時看禾黍落日上秋原飲酒任眞性揮筆肆狂言一朝忝蘭省三載居遠藩復與諸弟子篇翰每相敦西園休習射南池對芳樽山藥（一作菌）經

雨碧海榴凌霜飜念爾不同此悵然復一論重陽守故家倜子旅湘沅俱有緘中藻惻惻動離魂不知何日見衣上淚空存

荅重陽

省札陳往事愴憶數年中一身朝北闕家累守田農望山亦臨水暇日每來同性情一疎散園林多清風忽復隔淮海夢想在灃東病來經時節起見秋塘空城郭連榛嶺鳥雀噪溝叢坐使驚霜鬓撩亂已如蓬

酬劉侍郎使君 劉太真

瓊樹凌霜雪葱蒨如芳春英賢雖出守本自玉階人宿昔陪郎署出入仰清塵孰云俱列郡比德豈爲鄰風雨飄海氣清凉悦心神重門深夏晝賦詩延衆賓方以歲月舊每蒙君子親繼作郡齋什遠贈荆山珍高閑一作山城庶務理遊眺景物新朋友亦遠集燕酌在佳辰始唱已慙拙將酬益難伸濡毫意僶俛一用寫悁勤

荅令狐侍郎 令狐峘

一凶迺一吉一是復一非孰能逃斯理亮在識其微三黜故無慍高賢當庶幾但以親交戀音容邈難希況昔別離久俱忻藩守歸朝宴方陪廁山川又乖違吳門冒海霧峽路凌連磯同會在京國相望涕沾衣明時重英才當復列彤闈白玉雖塵垢拂拭還光輝

酬張協律

昔人鬻春地今人復一賢屬余藩守日方君卧病年麗思阻文（一作文）宴芳蹤闕賓筵經時豈不懷欲往事屢牽公府適煩倦開緘瑩新篇非將握中寶何以比其姸感兹棲寓詞想復痾瘵纏空宇風霜交幽居情思綿當以貧非病孰云白未玄邑中有其人憔悴即我徑由來牧守重英俊得薦延匪人等鴻毛斯道何由宣遭時無早晚蘊器俟良緣觀文心未衰勿藥疾當痊（一云當自痊）晨期簡牘罷馳慰子忡然

答秦十四校書　秦系

知掩山扉三十秋魚須翠碧弃牀頭莫道謝公方在郡五言今日爲君休

答賓

斜月纔鑒帷凝霜偏冷枕持情須耿耿故作單牀寢

答鄭騎曹青橘絶句　一作故人重九日求橘書中戲贈

憐君卧病思新橘試摘猶酸亦未黄書後欲題三百顆洞庭須待滿林霜

奉和聖製重陽日賜宴

聖心憂萬國端居在穆清玄功致海宴錫讌表文明恩屬重陽節雨應此時晴寒菊生池苑高樹出宮城捧藻千官處垂戒百王程復覩開元日臣愚獻頌聲

和吴舍人早春歸沐西亭言志

曉漏戒中禁清香肅朝衣一門雙掌誥伯侍仲（一作仲侍）言歸

亭高性情曠職密交遊稀賦詩樂無事解帶偃南扉陽春美時澤旭霽望山暉幽禽響（一作好鳥幽）未轉東原綠猶微名雖列僊爵心已遺（一作遺）塵機卽事同巖隱聖渥良難違

奉和張大夫戲示青山郎

天生逸世姿竹馬不曾騎覽卷冰將釋援毫露欲垂金貂傳幾葉玉樹長新枝榮祿何妨早甘羅亦小兒

答河南李士巽題香山寺

洛都遊宦日少年攜手行投杯起芳席總轡振華纓關塞有佳氣巖開伊水清攀林憩佛寺登高望都城蹉跎二十載世務各所營茲賞長在夢故人安得并前歲守九江恩詔赴咸京因塗再登歷山河屬晴明寂寞僧侶少蒼茫林木成牆宇或崩剝不見舊題名舊遊況存歿獨此淚交橫交橫誰與同書壁貽友生今茲守吳郡綿思方未平子復經陳迹一感我深情遠蒙惻愴篇中有金玉聲反覆終難答金玉尚爲輕

答故人見諭

素寡名利心自非周圓器徒以歲月資屢蒙藩條寄時風重書札物情敦貨遺機杼十縑單慵疎百函愧常負交親責且爲一官累況本濩落人歸無置錐地省已已知非枉書見深致雖欲効區區何由枉其志

酬閻員外陟

寒夜阻良覿叢竹想幽居虎符予已誤金丹子何如諴

集觀農暇笙歌聽訟餘雖蒙一言教自愧道情疎

酬秦徵君徐少府春日見寄一作奉酬秦徵君系春日撫州西亭野望兼寄徐少府

終日愧無政與君聊散襟城根山半腹亭影水中心朗詠竹牕靜野情花逕深那能有餘興不作剡溪尋

冬夜宿司空曙野居因寄酬贈

南北與山鄰蓬菴庇一身繁霜疑有雪荒草似無人遂性在耕稼所交唯賤貧何緣張椽傲每重德璋親

長安遇馮著

客從東方來衣上灞陵雨問客何爲來一作來何爲采山因買斧冥冥花正開一作滿颺颺燕新乳昨別今已春鬢絲生幾縷

將發楚州經寶應縣訪李二忽於州館相遇月夜書事因簡李寶應

孤舟欲夜發衹爲訪情人此地忽相遇留連意更新停杯嗟別久對月言家貧一問臨卬令如何待上賓

廣陵遇孟九雲卿

雄藩本帝都遊士多俊賢夾河樹鬱鬱華館千里連新知雖滿堂中意頗未宣忽逢翰林友歡樂斗酒前高文激頹波四海靡不傳西施且一笑衆女安得妍明月滿淮海哀鴻逝長天所念京國遠我來君欲一作獨還一作又旋

淮上遇洛陽李主簿

結茅臨古渡臥見長淮流牕裏人將老門前樹已秋寒

山獨過雁暮雨遠來舟日夕逢歸客那能忘舊遊

路逢崔元二侍御避馬見招以詩見贈

一臺稱二妙歸路望行塵俱是攀龍客空爲避馬人見招翻跼蹐相問良殷勤日日吟趨府彈冠豈有因

逢楊開府

少事武皇帝無賴恃恩私身作里中横家藏亡命兒朝持（一作拼 一作折）樗蒲局暮竊東鄰姬司隸不敢捕立在（一作登）白玉墀驪山風雪夜長楊羽獵時一字都不識飲酒肆頑癡武皇升仙去憔悴被人欺讀書事已晚把筆學題詩兩府始收跡南宮謬見推非才果不容出守撫煢嫠忽逢楊開府論舊涕俱垂坐客何由識惟有故人知

休暇日訪王侍御不遇

九日驅馳一日閑尋君不遇又空還怪來詩思清人骨門對寒流雪滿山

因省風俗訪道士姪不見題壁

去年澗水今亦流去年杏花今又拆山人歸來問是誰還是去年行春客